한때는 사랑,

너라는 오물

한때는 사랑, 너라는 오물

발행일   2024년 3월 12일

지은이   황연주
펴낸이   손형국
펴낸곳   (주)북랩
편집인   선일영   편집   김은수, 배진용, 김부경, 김다빈
디자인   이현수, 김민하, 임진형, 안유경, 신혜림   제작   박기성, 구성우, 이창영, 배상진
마케팅   김회란, 박진관
출판등록 2004. 12. 1(제2012-000051호)
주소   서울특별시 금천구 가산디지털 1로 168, 우림라이온스밸리 B동 B113~115호, C동 B101호
홈페이지 www.book.co.kr
전화번호 (02)2026-5777   팩스   (02)3159-9637

ISBN   979-11-7224-000-4 03810 (종이책)   979-11-7224-001-1 05810 (전자책)

(주)북랩 성공출판의 파트너

북랩 홈페이지와 패밀리 사이트에서 다양한 출판 솔루션을 만나 보세요!

홈페이지 book.co.kr   •   **블로그** blog.naver.com/essaybook   •   **출판문의** book@book.co.kr

작가 연락처 문의 ▸ ask.book.co.kr

작가 연락처는 개인정보이므로 북랩에서 알려드릴 수 없습니다.

황연주 시집

한때는 사랑,

너라는 오물

북랩

저자의 글

시인은 천 개의 심장을 가진 사람들이다.

한 사람을 사랑하면 온전히 하나의 심장을 다 내어주는 사람이다. 해서 시인의 심장은 아프지 않은 날이 없다. 오롯이 슬픔을 마주하고 이별의 잔재를 두렴 없이 바라보는 것 또한 시인들이 하는 일이다. 그러니 시인의 사랑과 아픔은 가히 공공재라 해도 무방하리라.

하나의 심장이 벌거숭이가 되어 무참히 망가졌을 때 울컥함이 올라오며 피를 토하듯 시가 나왔다.

나처럼 웃음기 많은 사람이 눈물 자욱 진한 시들을 주체할 수 없어 힘들어하는 시간을 홀로 오랜 시간 보냈다.

이젠 그들을 보내주려 한다. 그리고 나처럼 하나의 심장을 한때 사랑하는 이를 위해 오롯이 바쳤을 나처럼 숱한 밤을 아파했던, 아파하고 있을 사람들에게 응원의 마음을 담아 이 시집을 바친다.

들어가며

이별이 왔다.
사랑은 희미했건만
이별의 감각은 너무도 또렷하게 찾아왔다.

이별을 경험하면 안다
매순간 상처가 해부되는

상처를 파헤쳐서라도 아파하는 까닭은
더는 상처받고 싶지 않아서다.
과거 페이지를 들추는 까닭은 버리기 위함이다.

『그래, 내 것이 아니었다!』

목차

1장

한때는 사랑, 너라는 오물

새벽마다 차오른
소변을 비우듯
너를 비운다

매번 오지 않는
얼굴
네가 찾지 않는
주차장

널 향한 상념은
더러운 찌끼가 되어
온몸을 할퀴며 멍들이고

차오른 너에 대한 망상을
덧없는 기대를 비워 내리라

거듭 차오를지라도
처음인 양
널 비우고 비우리라

한때는 사랑, 오물이 되어
그토록 찬란했던
너의 이름이

오물이 되어

낙서장

때로
낙서장이 필요합니다

지울 수 없는 이야기
차곡차곡 빼곡히
숨겨 둘 낙서장이 필요합니다

어디엔가 숨었다가
어디쯤에서 기억해야 할 것 같은

종이 뭉치가 필요합니다

낙서 장은
낙서장만이 아니기에

기대

계획한 것이 아닌데
마치
계획한 것처럼
안 되는 일이 있습니다

계획했는데
마치
계획하지 않은 것처럼
되는 일이 있습니다

사람들은 그것을
'운명'이라 부르고

우리는
그것을

'그리움'이라 부릅니다

분명한 건

분명한 건

네가

일부러
두 눈을 감는다면

넌 결코
볼 수 없을 거야

혼자만의

너가 좋아하는 내가
내가 좋아하는 너가

같지 않다면

어쩔 수 없는 거지

알 수 없는 그리움

방안에
홀로 있다
저절로 문이 스르르
열릴 때가 있습니다

문 앞에 누군가 왔나
급히 뛰어나가 보지만
아무도 없는
그런 때

바람이 분 것도 아닌데
문이 쾅 닫히는
날이 있습니다

꼭 오래전 누군가
날 찾아와 준 것만 같고
꼭 누군가 다녀간 것만 같은

결코 오지 않았을 사람이

한없이 그리워지는

그런 시간

2장

너도 있었니?

답답한 일이 있었다고?
난 이런 날도 있었는걸

쳇, 누가
그런 이상한 일을 만드는 거야

지나가는 누구라도 붙잡고
물어나 보고 싶은
따져나 보고 싶은
이젠 시간이 흘러

담담하게
기억할 수 있는 일

너도 있었니?

그런 사람이 있었습니다

오래전
그런 사람이 있었습니다

해맑은 얼굴로
수줍게 웃어주던
그런 사람이 있었습니다

어린 고백을
떨리는 목소리로 말해주던

그 시절
그런 사람이 있었습니다

아련한 눈망울로
나를 보내주던

그런 사람이 있었습니다

세월에 묻히고
먼지 속에 덮인 듯

이따금 내 기억의
언저리에서
꿈틀대며 살아 움직이는
그런 사람이

내게도 있었습니다

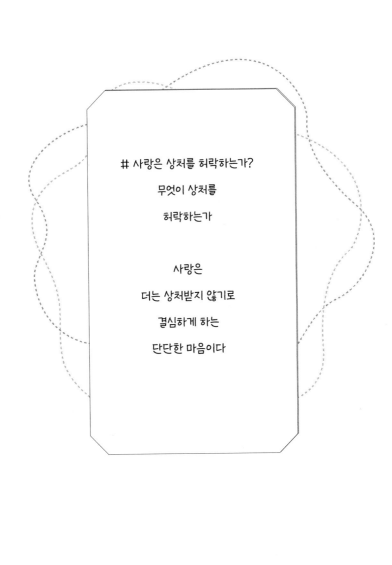

♯ 사랑은 상처를 허락하는가?

무엇이 상처를

허락하는가

사랑은

더는 상처받지 않기로

결심하게 하는

단단한 마음이다

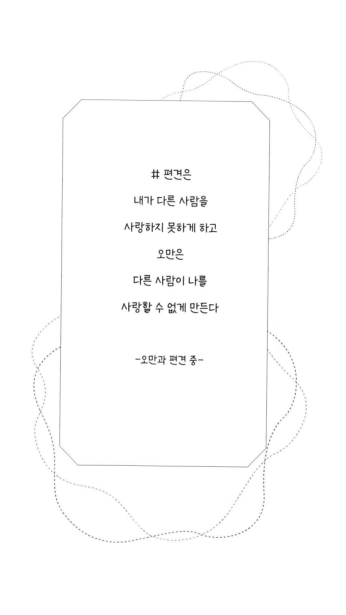

♯ 편견은

내가 다른 사람을

사랑하지 못하게 하고

오만은

다른 사람이 나를

사랑할 수 없게 만든다

-오만과 편견 중-

\# 네가 오후 네 시에 온다면,

난 세 시부터

벌써 행복해지기 시작할 거야

-어린 왕자 중-

바보 같은 사랑

사랑하면
사랑한다 말 못 하고
보고프면 보고프다 말 못 하고
보고 싶어 돌아서고
혼자 가슴앓이 한 시간이 아파
더 냉정했던 날들

돌아보니 그 또한
사랑이었습니다

살다 보면

살다 보면
심하게 비틀거리고 싶은
날이 있습니다

해서 사람들은
술기운을 빌립니다

살다 보면

잠시 정신 줄을
놓아버리고 싶은
그러한 날이 있습니다

해서
늘상 하던 방식이 아닌
엉뚱함을 발휘하곤

남이 보지 않게
숨습니다

다른 이들을 볼 수 없어
눈을 가립니다

나도 상처받는다

실실
잘 웃기만 하는 것이 아닌

히죽히죽
괜찮기만 한 것이 아닌

나도 상처받는다

삐쳤다며
내 마음 따윈 안중에도 없는

너의
무심한 농담과 차가운 눈빛에
아파하는 날 보며

그것마저
재밌어하는 네게
말하고 싶었다.

나도 상처받는다고

그래서 너를 떠난다고

3장

넌 나의 봄

그 사람이랑
잘 헤어졌어

말하며
장난스레 웃던
너의 초롱초롱한 눈망울

그날이었나봐
시린 겨울이 지나고
내게도
봄이 왔다는 걸 알았어

너의 느닷없는 칭찬에
웃음이 나오는 걸
겨우 참았어

근데
너라는 봄은
이제 내게 오지 않네

어느덧 계절은 봄을 지나
여름이 성큼인데

그해 여름 우리는

너란 하늘에
무얼 그릴까

네 얼굴을 마주하는 고작
몇 시간

난 내 눈에 네 얼굴 담기도 바빴어

그리 빨리 끝나버릴지
알기라도 한 양

근데 넌 불안했구나

네 앞에서 눈물짓는
내가 미웠구나

바보,
네가 좋아서 흘리는
눈물인지도 모르고
계속 딴소리하던

넌 이제

어디에도 없구나

너는 나의 봄이어서

너는 나의 봄이어서
하여, 오래 머물지 않았구나
오래 있을 수 없었던 게지

실은
난 봄을 그리 좋아하지 않았단다
별 의미 없는 계절이라 치부했지
이는 산과 들의 꽃과 초록 잎이
내게 큰 감흥을 주지 못했음이더니

너란 봄이 떠나갈 때
난 참 많이도 아팠단다
심장에 구멍이라도 난 양
그리 아픈 가슴을
부여안고 잠이 들었었다

그도 안 되는 날엔
밤을 하얗게 지새워야 했지

다행히 난 이제
너라는 봄이 완연히 떠나갔음을
이해했단다

미안하구나, 내 너를 늦게 보내는 것을
훨훨
이젠 나비가 되어
날아가려무나

만일 그러하다면

내일이면
내 맘을 볼까요

내일이면
당신의 말이 들릴까요

내일이면
어지러이 뿌연 내 마음이
가라앉을까요

만일
그러하다면

내일이 빨리 온다면
좋겠습니다

4장

우리 사랑이 비를 맞았네

내 사랑이 비를 맞았네

늦여름의 더운 공기와
축축한 습기도
잘도 넘긴다 싶었는데

네게 동하는 마음
네게 향하던 내 여린 마음
저리 가라며
넌 내 손을 뿌리쳤네

넌 괜찮나 보다
아니, 정말 괜찮구나

이별이 맞았다
온통 눈물만 부르는
기억의 파편들

힘겹게 오르다, 오르다
잘려져 나간 넝쿨손
싱그러운 봄날 풋풋했던

우리 사랑은
이제 어디에도 없어

2별

똑딱똑딱

작은 울림을 주던
시계 소리가 없다

한적한 토요일 오후의 찻집

잔잔한 강물의 유속도
뚝 그쳤다.

태곳적 모든 움직임이 정지되고
혼돈만 남아 있던 그날처럼
모든 사물의 움직임이 멈췄다

너와 나의 심장도 고장나버린 건지
마지막으로 벌렁댄다

장단을 맞추지 못하고
쏟아져 나오는
무수한 차가운 말들이
비수가 되어 심장을 할퀴고

피가 낭자한 자는
아무 대답도 찾지 못해
바보처럼 몇 번
작게 웅얼대다
눈물만 보이고 만다

눈물을 보일 때면
눈물을 닦아주던
그는 이제 그곳에 없는지

하등 상관할 바 아니라며
미동이 없다

그랬다!
이러려고 마련한 자리였다

시간은
똑똑히 보아라
그날의
서늘한 공기를 기억하여라

희망은 흩어지고 뜯겨나가
흐느끼는

울분의 눈빛을

박제

모자를 눌러쓰던 너
사진 한 장 안 남긴 너

난 너의 얼굴을 모르지

하여
너의 모습은
내 글 속에
박제가 되었구나

너를 만나느라
네 생각에
글을 쓰지 않을까
걱정이라던 너

하여
너의 걱정이
내 글 속에
박제가 되었구나

함께 가자던 우리가
너와 나로
흩어졌구나

부인

웃지 않으면서
사람들은
웃는다 한다

숨기지도 못하면서
사람들은
아니라 한다

돌아선 자리에
그의 그림자는
너무 빨리
드리우고

황급히
뒤를 돌아보지만
내리쬐는 태양에
눈만 아플 뿐이다

그 배려 조금은 빼버리지

나 너에게
요즘도 편지를 써
마음에다

보내진 않을 거야
내 편지 받고
또 며칠
너 아파하며 힘들 테니

너 역시
그런 이유로
나에게 답을 않는 거지?

그 배려,
이제 좀 빼버리지

미안,

너에게 받은 그 많은 배려가

하나도 고맙지 않아

줄다리기

영차, 영차

꿈속에서 힘껏 줄을 당겼는데
앞으로 꼬꾸라지며
우리 팀이 지는 꿈에서
깬 적이 있어

팽팽한 긴장감
힘의 균형을 맞추며
오래도록 서로의 자릴 지키지

때로는 미소를 던지며
상대를 향해 져 달라는
무언의 제스처도 던지며

넌 몰랐겠지
내가 힘을 빼고
줄을 잡고 있는 것을

난 힘을 줄 수 없었어

내가 힘을 주다
내게 당겨오며
행여 네가 다치기라도 할까
걱정됐거든

너의 어둔 날의 상처들
그 상처들을 볼 때마다
내 마음도 쓰라렸어

너의 어둔 아픈 상처를
꺼내 보여준 네가 고마워서
너를 당기지 못했어

내가 줄을
당기고 있었다면

우리는 지금과 달랐을까

무심한 눈빛으로
멀리서 날 떠나보내던 너

난 그 후로도
오랫동안
네가 놓고 간 그 줄만
하염없이 바라보았어

미안, 나 너의
마지막 부탁 지키지 못했어

며칠만 아파하라던

너의

마지막 당부

빗소리

오랜만에 찾아든 빗소리
웃음기 없는 당신도 웃었겠다
유난히 비를 좋아하는 우리였으니

그렇게 비를 몰고 오던 사람

그래선지
네가 떠나고
오래도록
여긴 비도 바람도 그쳤어

그사이 건조한 계절이 하나 둘 셋
십리사탕*을 그때처럼

---

* 1970년대에 유행했던 사탕이며, 십리를 가는 동안 먹을 수 있다는 의미이다.

입안에서 도르르 굴리며
숱하게 커피를 들이켰더니
시간은 잘도 흘러 여기까지 왔네

이젠 돌이킬 수 없는
너와 나의 거리

미안,
이 비에 너도 씻겨 나가라

화장해서 무어해

우습지,
나 화장도 않고 돌아다녀
너 알면 웃겠다,
너무 웃어서 눈물 나겠다

이른 새벽
새벽기도 가면서도
화장을 하고 가던 내가

수련회
아직 이른 시간 화장하려고
벌떡 깨던
날 보고 기겁했다던
교회 동생 얘기는
이제 옛이야기가 될지 몰라

화장해서 무어해

눈물이 바로 지울 텐데

내 표정이 화장을 가릴 텐데

그거 해서 무어해

다짐했건만

어제의 눈물을
되새김질하지 말자

잠시 잠깐이라도 추억하지 말자

그날의 기억을 애써 떠올리며
눈물짓지 말자

더는 내 아린 가슴을
들키지 말자

그렇게

수없이 다짐했건만

5장

추억은 거기서 끝났다

네가 돌아오는 날에
난 없을 거야
이 그리움의 긴 기다림이
끝나는 날에

그다음 기다림은
네 몫이 될 테니

널 향해
잠시 눈도 돌리지 않는
나를 넌 보게 될 테니

내가
이전에 겪었을
그리움의 몸부림
숱한 불면의 밤

다 네 것이 되게 해 줄게

어서 돌아와!

이쯤에서

이쯤에서
멈춰도 되지 않을까

이쯤에서
얼굴을 붉혀도 되지 않을까

못다 한 말들

이젠 꿈에서
내뱉지 않고

이쯤에서
돌아서도

이젠 되지 않을까

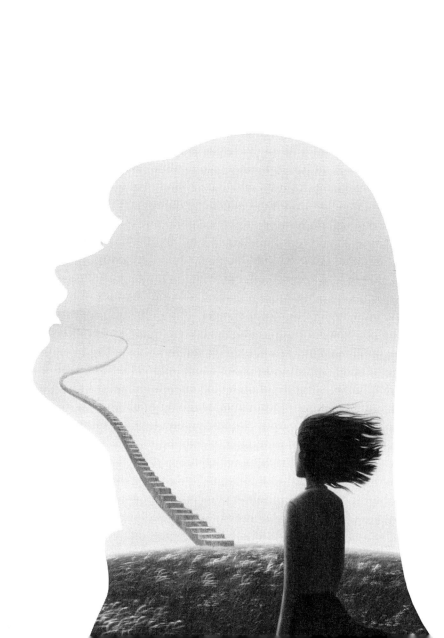

나, 여기 있어

나 여기 있어
그대를 그립니다

나 여기 있어
그대의 대답을 기다립니다

숱하게 쏘아 올린 물음들
길을 잃은 듯 오지 않는
그대의 대답

나 여기 있어
당신을 추억합니다.

그대가 날
떠나보내던

그 자리에 서서

이제는 압니다

왜 화가 났는지
왜 그토록
가슴이 미어졌는지

꽉 막힌 아스팔트 길 위에
혼자 위태로이
서 있는 것처럼

땅거미가 지고 있습니다

간간이 부는 바람이
내 어깨를 일으켜 세우며
헝클어진 머리카락들
사이로 스칩니다

내 맘이 참 하찮습니다

2별 2

몇 주째
카페 앞을 서성이는 낯선 발길

넌지시
카페 안을 들여다보고는
서둘러 자리를 뜬다

약속이 있었을까
산책을 나온 걸까

눈빛이 아련하다

가을도 아닌데
카페 앞에 우수수
떨어진 무수한 기억의 잔재들

그녀가 떠나자
아르바이트생이 얼른 나가
쓰레받기에

그녀가 떨어뜨리고 간
미련 덩이를 쓸어 담는다

전봇대

바람이 분다 하여
흔들려선 안 될
마음이 있다

바람이 용솟음친다 하여
미동도 할 수 없는
몸뚱어리가 있다

이리하여도
저리하여도
균형을 다잡아

몸과 마음을
비틀어선 안 되리라

기다림

기다림은
견디는 것

마냥
기다리는 건
애당초 없고

절박하고
거친 내 숨소리와
함께 하는
거북한 시간

어제의 옷을 벗고
새 옷으로 갈아입으며
컴퓨터 전원을 다시 켜듯

난 지금

그날의 후회를 지웁니다

이별이

이별이 준
잔인한 형벌
숱한
불면의 밤

동백

겨우내

된서리 맞고
동동거리며 섰더니

살며시 고개 내밀었네
빠알간 볼
수줍게 내미네

찬 눈 맞고
얼어버린 줄 알았더니

아기마냥
환한 얼굴

네가 바로 동백이구나

6장

바람이 분다

바람이 분다
스산한 바람이

바람이 운다

넌 어이하여
구슬피 우누?

오래 전 한 이름 없는 시인은
바람이 우는 소리에
자신도 숨죽여
훌쩍이며 울었다네

바람이 분다
가볍게 날아올라

날 어디론가 데려가

줄 것만 같은

그런 바람이

비상

한때는
전부인 줄만 알았던
한 세계가 잘려져 나간

사람은 어이 하나

속절없이
울어야만 하나

무얼 위해

사람마다
마저 그려내지 못한
그림은 있다

미처
빠져나오지 못한
미로가 있다

그리하여도
기지개를 켜야 하지

그 어느 날엔
끝없는 비상을
준비해야 한다

바람

지레

나의 것이라
짐작하거나
집착하지 아니하고

그러다

내 인생에 걸어 들어오는

모든 인연들에게
감사한 마음으로

따스한 온기만
전할 수 있기를

새 소파가 들어왔습니다

새 소파가 들어왔습니다

낡고 움푹 꺼진
예전 소파는
기댈 곳이 사라진 지

오래이기 때문입니다

새 소파가 왔습니다
힘을 빼고 앉지 않아도
소파 양 끝자락에
자리 잡지 않아도 되는

그럼에도 난 여전히
몸에 힘을 빼고 조심스럽게
소파 끝 쪽에
사뿐히 앉습니다

기댈만한 소파가 왔는데
기대지 못합니다
전의 소파처럼 꺼질까봐
벌써 걱정이 시작된 것입니다
믿고 기대기엔
시간이 필요합니다

기다려 줄까요?

늦은 진심

생뚱맞은 일로
아무렇지 않게
당신을 보내서
정말, 정말 죄송합니다

아무도
나로 인해
아프지 않기를

누구도
나로 인하여
상처받지 않았기를

간절히 바라

나도

오늘 이 밤

눈물 없이

잠들 수 있기를

기다림

사무실의
전기주전자의 전원이
꺼져 있습니다

커피를 마시기 위해
전기주전자 전원을 켜고
보온에 불이 들어오기까지
기다립니다

한참의 시간이 흐른 후
커피 물을 받을 생각으로

컵을 들고 그 앞으로 나아갑니다
한데 여전히
'가열 중'
보온 단추엔 불이 꺼져 있습니다

다시 몇 차례 시간이 흐른 후에야
나는 내 머그잔에 물을 받아 옵니다

내 마음의 전원은
또 얼마나 시간이 흘러야
켜질까요?

늦게 와서 미안해

언제부턴가
바랍니다

그가 내게 돌아와
이렇게 말해 주었으면

언제부턴가
마음에게 말합니다

늦게 와서
미안하다고